情非得已

陳綺 著

序

時間　帶著我們漸漸老去
流逝的光陰　無法追上
旅途中　追尋足印的雪地

人生的美好　在於它的
精彩和不斷發生
雖然最終本質　是要告別

也就算未了的緣
漸漸消退的可能
所有創造與毀滅
在故事書裡
一再重演

有多少個
屬於我們的夢想
命運的走向
只是一張張模糊的地圖
神話無法記載
充塞的回憶

在漂忽與奔流的時刻裡
被想起或被遺忘的
仍然無法避開
下一個渡口

有些過往剩下
零碎的記憶
心事在夢裡
一覽無遺

空缺的夜
不再視我們為
遙遠的陌生人

最後的結局底下
有未知與注定的延續

離別只為了
更期盼的相遇
下一個輪迴
又會是哪裡
沒有誰能為誰一輩子

四季的更迭

離去　抵達

在這世界

我們經歷的一切

無疑是情非得已

　　　　　　陳綺　2013年

目次

安排

獻給雙親

冒險與失敗

體會我

漫漫的歲月

模糊的童年

在疑惑中

穿越

奔跑

觀望

時間修修補補

我來到的

這個世界

在不同的
時間與地點
陪伴我的
總是陌生的心事

一個無法遠離
世俗的地方
你遺留下的
待續故事
有你為我
預先安排好的人生

唯一

風
一直都是
很寂寞地
飛著

如果
你不便
再閃躲
你將是
我戰戰兢兢的
生活中
那唯一的
詩句

宿命

抗拒

救贖

無法

背叛的是

深裂的

意志

上帝

沒能

聽見

我們的

默禱

絕望之後

夢在徬徨
回憶在
空白的書頁

用文字
淹蓋
我所謂的
愛情

閃爍的

星星

不停收集

情人的誓約

愛

絕望之後

我願是你

分裂淚流下的

思念

美麗的偽裝

追尋

隨時在幻滅

你從

不開啟

我苦守的門

將最深的

愛情

用最平凡的

句子表達

美麗的

偽裝

才能

永不分離

美麗九月

為愛情留下見證靜默之中不求給予完整地愛盡責地呵護

許下一個
願

空白的歲月
慢慢變成了
詩冊

雨水
打濕了
沒有目的的
夢

那時

愛情

渲染過的

美麗

九月

終老

直到我們消失在這些畫面連句點也沒有剩下

把牽掛放置在一點點的理想把這些故事收納於今生

於是

我們沒有忘了

收藏

一直

所愛的一切

一首

哀傷的曲

讓思念

都紛紛

墜落

我們皆是
愛恨裡
不能寬容的
迷茫

期望的是
一起到
終老

無緣

愛情
展翅而飛

天注定
你是
我唯一的
方向

甜蜜的
罪惡
陷入
困境

時間

都泛黃了

天使刻意

不打擾我們

無緣的

相遇

流星

舞台上的
每一個角色
是眾所
迷戀的
虛構
故事

天注定
我們
每一幕
都必須
演出

永不食言的

愛

總是

容易

被遺忘

愛與被愛

你擁有
鐵石般的
心腸

我的
遺憾
或者懷念
都無法
動搖你

而你的
回眸
只是
情非得已

最後的
生死遺言
也沒有你的
天荒與
地老

帶走

別無選擇也沒能全然防備
愛情的課題不預期的來臨定格的角色

突如其來的
相遇
開始了
一段
愛情

誤點的
輪迴
不願意
實現
你我的
夢想

怨與恨

都被埋葬

蒼茫的

心

隱隱作痛的傷

帶走我們

無力償還的

緣

深陷

流逝的光陰無法追上旅途中追尋足印的雪地

心
在絞痛

思念
不斷擴張
如
巨大的
黑夜

眼淚
壓抑了
悔與恨

回憶

深陷於

新穎的

每一天

文字描述

遙遠的

愛情

情逝

用夢想延續任何代表性的記念一個願望像是飄渺的神話

而回憶卻是不朽的見證

翻閱
愛情

字詞在
指尖
默默
滑落

眼淚
凌亂
散落於
無法抗拒的
宿命

在無邊的

夜

回憶

最令人

心碎

誓約

友情與
愛情的結合

從熟悉到
陌生地
分離

我們是
一場
悲喜的
誓約

不絕

在我的筆下
以你的姿態
綻放
長長的詩章
從日出到
昏黃的
天色

不絕的深情
圍困
纍纍遺世的
相戀

再一次

創作不再是一條寂寞的路

日子很單純地過去旅途中深深切切思念著每一次的過往

再一次
選擇
深深的
想念

實現
夢想的可能
仍然在
延續中

愛情取代了
美麗的詞彙

把心

交給

開在

夢裡的花

過往的

時空

遺留下

彩虹與

星辰

情非得已

有人離去有人抵達在這世界我們經歷的一切無疑是情非得已

時光
飛逝

綻放與
凋萎
牽掛著
一段
未結的
戀情

神話
無法記載
充塞的
回憶

有些流浪

總是最深

且未完

幽冷的嚴冬

等不到

永恆

昏夜裡的

海星

帶走

一幕幕的

從前

花開後

原點與

終點

荒涼如

破散的

淚滴

雨

無聲落下

你即將

轉身離去的

未來時間

是恨

是痛

是碎

聽詩句

為我們

敘述

最後一則

故事

關於悲劇的誕生

有些情緒多麼令人難以言語美好的季節

燦爛的歲月留下時間的邊疆

夜
那麼的深
真實與幻境
已延伸至盡

過期的思念
寫滿童話

淚
不曾乾涸

四季成為
逝去夢魘的
蓓蕾

彩虹的倒影

畫下

悲傷的句點

故事的

結局

喚醒另一個

故事

我們

將在

流星墜落的

軌道

相遇

身不由己

日子
緩緩老去

快樂或
悲傷
不過是
無人
收件的信箋

於是
我急急
奔向
所有的
曾經

等待

我是
流離失所的
倉皇
對愛無法迫切渴望

別問我
情為何物

我只能忠實於
淚與傷的
長路
等待與我
相鄰的心

幸與不幸

思想需要一點真理才能不再誤解疲倦的人生

原諒一場
無法復生的
仇恨

用
滄海桑田
想像著
愛情
融化於
微小的
永恆

牽掛與

未完

忘在

重重疊疊的

情感

佈滿

回憶的經歷

封藏我們

幸與

不幸

相見的距離

很多的時候我們無法分享共同的思念

離別只為了更期盼的相遇

就算下次的輪迴排了好久以後才能再等到

夢一般的
情詩
代表了
永恆的
告白

思念
舞在
一串串
掛滿星星的
天際

愛與

罪惡

勾織出

深深幽遠的

地老天荒

當輪迴

停滯

才能

計算出

我們

相見的距離

無緣的夢想

幸福
沒有來到

我不會
為此而流淚

多少思念
多少故事
留痕在
史詩裡

當時間

剩下

層層疊疊的

繾綣

我們在

彼此刻意的

距離

拾起

放下

無緣的

夢想

懺情者

時光的出口

既是

年輪的起點

聖潔的信仰

擔負不了太多

思念的淚水

我是懺情者

在滾滾紅塵

無能療癒

已潰瘍的回憶

為了愛

在記憶的舞台

永遠維持著

感傷堅毅的

寬容

有一天

當淪亡逼近

我們的身軀

到達

永不相鄰的

位置

我將留守

你滿腔

柔情萬水

消逝

永恆與

誕生

寫下美好又

感傷的

詩句

命運之輪

隨著時間

旋轉

愛情

自我們

相遇的

起點退隱

祝福與

哀悼

墜落成

星屑

一則傳奇

充滿了

古老的咒語

離開的故事

來去瞬間謊言藏在各自的流浪我們生活在這樣的氛圍裡

無法常伴不代表失去了永恆幸福的薔薇

一句真實
一直躲藏在迷失裡

薔薇花
已揭開
春天的訊息

最初的回憶
奮力阻止
時間的前進

相繼奔來的
流星
充滿了
灰燼的情詩

殘破的
誓言
被孤寞與
注定的傷
包圍

當撕裂的
痛楚留下
乾枯的淚
對於世間的
悲、歡、離、合
我們已是
離開的故事

繽紛的過往

雨下在
繽紛的過往

飛翔與
張望
凝聚成
失落的淚

一顆
相思樹
收藏了
所有
愛情的想像

而命運的

馬車

在流失的

時光

呼嘯而過

愛即將逝去

思念
不停止地流浪

我無止盡的願
未曾間斷的
渴求
隨著光陰
緩緩退去

世界
又悄悄轉過
無數次

不眠的夜
淚與詩
已交疊成塔

永恆的告白
又回到原點

幾世輪迴後的
眷戀
至今等不到
時間裂縫中的
身影

歸

讀聖經有感

我的思念
是你
不得與人
分享的
過往

你遺忘了
我為你
心跳為名的
遺跡

我的渴求

哀憐

懺悔

真潔如雪

所有的等待

已一無所有

我們的愛

在世界的邊緣

得到了

永恆的

安息

象徵永恆的地方

屬於我們的
部份
已先行
告退

神秘的
注定
指著同一個
願景

不被了解的
短暫
滿是回憶

時間

穿梭在

擁擠的日子

來不及

進行的故事

駐足於

某個

象徵

永恆的地方

答案

讀舊稿有感

答案是
一個問號

我們的未完
沒有相同的
願

夢想
已失去
色彩

下一次
相遇與別離
只是
白紙黑字的
章節

時間無法
倒返的世界
有你
起伏的愛戀
有我
微顫的心跳

我們

陽光與海洋生活在其中愛情有了言語的延長

一行行文字

流動的畫

流動著

太多的往事

彼此錯過的那些朝陽

旋轉成

輕重的

字跡

悲歡離合

愛恨情愁

全置於

隱密又寬敞的

意境裡

我們是

太陽的

小小一角

有什麼樣的

夢想

已經不再重要

甜美的童話

一痕一痕的傷

適合深埋於

動人的傳說

秘密

所謂秘密只是一輩子無法說出的記憶

睡和醒

我熱切尋找

回憶中的

每一段

章節

你獨佔

我目光

而我

在你心中是

最不顯眼的

姿態

事過境遷

我依舊

偶爾也

不被你想起

也始終

拼湊不出的

答案

耕耘

天真與勇敢不是為了征服一切而是為了微小的心願

愛情豐富了
落葉和
夜風的私語

半生半死的思念
無語而來

所有的曲折
潮汐來回耕耘
人生片刻美好

讓愛重生

如果愛情沒什麼值得懷疑

那麼其中的世界有一種幸福的光芒微微發亮著

心穿過夢想列車

某些回憶

忘了故事的交錯

青春的旋律

連眼淚都感動

拋開卑微的思念

當未知的未知

被壓垮之際

讓愛重生

罪責

時間
腐蝕了
所有的
希望和想念

我們的注定
是一種
虛無的
宿命論

那些綿長的
情話
已經錯過我們
追尋的夢想

喜怒

糾結

無依

只是必然的

去去留留

在迂迴的

曲折中

慈悲的謊言

寫下了

我們的

罪責

等你在遠方

致陌生人

我存在
你的遠方

等你是
我唯一的願意

與你一切的
相遇
相識
在痛苦的
禁區

儘管我的心
為你一再起伏
綿延不絕的浪

儘管我一再是
你前世
注定的延續
而愛
終究
謝幕而去

你願意聽的故事

細雪紛紛

鋪成了

未知的旅途

傷口迸出

庸俗的愛

世界將

體內的悲傷

心碎的顫音

囚禁在

無可辨認的

過往

星子

傷心了

數日數夜

終究

強忍演出

墜落的戲碼

不明的遺跡

寫於某一天黃昏

書寫
你留下的
碎片與
斷續的故事

微雨在
春與秋之間
撒落
蔓生的思念

風
傳來
某種悲涼的聲音

月亮

沉穩的光

如愛情那般美麗

往事如

堅信不凡的宇宙

默默地存在

而流失的

時光

深情地

注視著

孤單的黃昏

失據

總是
無法塗改
過去的時光

一行一字
擁擠的美麗

如果
不能閱讀
請持續靜默
失據的相愛

未了

獻給遊子

彼此的牽掛
漫遊在
無法抵達的
地址

而夢想
一筆又一筆
寫下
可以相連
重溫
不甘願的事蹟

命

鐘聲在
寒風裡
默默應答

愛情是
紛飛的季節

無從選擇的
我和你
沿途撒下
動容的依偎

往事

思念
因愛的音符
而生

回憶
不過是
挫敗的
痴情
往事

既定的命運

——陽明山賞花有感

一捲捲相思
收藏不住愛情

雨下起
善良與邪惡的
面貌

熟悉的
晨光
迅然綻放
絢麗的
春天

在既定的

命運

脆弱的

彩櫻

從不輕易

透露土地

（無法預期的

永恆

僅有你是

我安定的

天堂）

愛情威尼斯

無語的
天空
充滿了
春天的顏色

聚雨敲醒
寧靜的
大地

一朵
火紅的玫瑰
哼起一首
情歌

繽紛的
生命樂章
流著一條
幸福的河

別
後

於是
我們
遺失了
掌中握著的
恐懼

不斷延伸的
宿命
已然
成為我們
無力理解的
遺憾

天使帶著

美麗的

憂患

黯然垂下

銀色的

翅膀

從乾涸的

哭泣

我們的愛

將不再

甦醒

愛情手扎

一

愛存在
易傷和易碎的故事

淚水
沒有讓心變得汙濁

寂寞與我們
默默地流亡

二

我們必須經過
必經的遠方

所有的真相
仍然反覆跋涉

而我們的愛
已漸漸被歲月擊老

三

在愛情的長巷
把思念放下

我們賴以維繫的
不滅的情緣
由於夢想
由於堅持
不再有任何遺落

四

用流浪的心
在愛情裡旅行

你的描述和
我的猜想上
我們之間情懷不移
如一種
命定的存在

五

等待

一點點的距離

保持

不變的心意

我們的愛

來自

同一場

無緣的相遇

六

聆聽一場
休止符般的大雨

發現愛
還在蔓延

傷口迸出
一種離愁

希望的星子
砌滿了相思

約定

愛情是一首寫不完的情詩一個紫色的夢能否讓情字這條路更順暢

假使

我再也

感覺不到風

看不見雲

聽不見雨聲⋯⋯

但

我會記得

你希望滿滿的

含苞

無法傳達的

夢境

我們的
喜悅與憂傷
勇敢又卑微的
情非得已
日子的冷漠
舉世的無常

憑弔

憑弔
無緣誕生的
愛情

生命
將回歸
因果的
齒輪

某些回憶

只剩

無可遁逃的

喘息

孤單的

處境

承擔所有

寸斷的肝腸

我們僅能漸漸隱匿地存在

我們
自以為的一切
尚未開始
就已結束

用適合的
謊言
來填補
被愛佔據的
任何空間

思念是
一條
最窄的
旅程

我們僅能
漸漸隱匿地
存在

困境

生活需要
更多的言語
更多的迷失

季節已
若無其事
筆直前進

下一個未來
只是
今世剩餘的
殘生

風已棄守
我們的來歷

尚未離開與
尚未歸來
是一場場
無法捨棄的
困境

某一輪光陰

將愛埋葬過往
在之後的一切
只是
尚未演繹的夢想

清晨的朝露
如你聲聲的
嘆息

請務必記得
屬於我們的
任何一片美景

我們選擇的緣份
只是一點點
意外的擦身

儘管我們是
被世界暫時終止的
某一輛光陰
但誓言已注定
流傳下
我們的故事

遺失的美好

對待相補相互的過程
讓理性與非理性落落大方地去面對人與人之間要如何
用回憶寫出浮草般的歲月守護一份蒼涼與喜悅

一

我們相遇在
今生與前世
夢境的延續

久遠以後
我們將走完
故事的最終

但我們並未發現
快樂美好的結局

二

容我為你寫一首
思念和孤寂

我已是你遙遠的
思念了

三

在寒涼的世界

讓我為你承擔

思念如浪濤一般的延續

四

我置身於一片
荒蕪的流浪

我未來的方向
等你前來
為我點亮

五

月光漸漸退色
照不見
愛情的世界
我將成為
你心裡面
永恆的綣戀

六

過了千年歲月之後
我們被寫成了
無法停止的詩篇

我們心靈的原鄉
愛情的輪翻美景
珍藏著我們
夢想的回憶

沉溺

風追逐
奔流的濤聲

夕陽和晨曦
穿梭於
時間的長廊

光陰搖晃的曾經
書裡的每一行文字
在愛情裡
久久沉溺

囚禁

失溫的章節
已無詩不成言

鐘聲穿刺
寂寞的雨

淚裡藏著
太多的傷

為了償還
我願是你
最受囚禁的戀

情緣

無人能奪走
你遷徙
多次的心

你演奏
春天的樂章

夢想的長廊
有你
精彩的容貌

你撫慰
思鄉過客的心

用文字掩蓋
叫不醒的愛

你是注定
存在於
我們
每一次
可能的錯身

是否都願

感傷的思念
不由得言說

祈禱的
每一道光
能否洗盡
悲喜
怒
妒

過往一切
只是
無法再回顧的
荒唐與無常

上帝的悲憫

不再是

生命中的

巧合

無人能一眼

望穿的世界

愛與恨

是否都願

關於相愛的可能

年輕的夢境

永不靠站

思念

躲藏在

更蒼茫的希望

風

吹暖了

再也不需要

戰場的

悔與恨

一切的真實

虛幻的像

沒有光彩的

焰

不復存的記憶

猶如

稀薄的樂音

關於

相愛的可能

很久以前

就沒有了劇情

某個未完的情節

相遇的倒數時間格外的疼幸福的模樣只能在回憶裡

時間
帶著我們
漸漸老去

命運的走向
只是一張張
模糊的地圖

看不見未來
伸出的
雙手

下一個輪迴
又會是哪裡

你的航向亦是

我生命的

遠方

沒有誰

能為誰

一輩子

四季的更迭

早已預言

此生

我們將擦身而過

未知的行走

不肯確定
你的遺憾
或者懷念
是否仍
依依稀稀

無可避免的
悲劇邊緣上
我
什麼也沒能帶走

愛情的
甜美與苦澀
恍如
隔世般的夢境

此生的緣份

已失去

我們的模樣

在流失的

日子裡

所想所見是

生命全程的無奈

連宇宙運行的

足印

最單純的存在

時而堅強脆弱

時而深情冷酷

後記

距離出版第一本書
《最美的季節》
已經邁向第9年

歲月一頁一頁
精彩跋涉
要交稿第十二本書
《情非得已》
已經來到了
2013年炎炎夏日

習慣把思緒　不停在任何地方
於是　人生的旅途中
某些散落的行囊
再度綻放於
我永不停息的寫作
《情非得已》就因此誕生

回憶過往　許多的遭遇
有原因的停留
對世界的種種姿態
學會了坦然的面對

四季的變換

忙個不停的時光

所有的願望

情感　疑惑　沮喪

思想　心念

總是在我寫作裡跳動

雖然　漫長的文字創作生涯

某些日子　走的格外寒冷

某些日子　走的格外溫暖

但　寫作是一種美德

它會保留我

生活中的種種痕跡

我常與

延伸出去的天空和

華麗的意境起舞

這些故事　成為了我人生

每一次當下

苦樂與悲歡後

殘生的依託

我的寫作生涯已經展開了
一段旅程
或許未完
也未到終點……

陳綺　2013年

Do詩人03　PG1040

情非得已

作　　　者／陳　綺
責任編輯／林泰宏
圖文排版／詹凱倫
封面設計／陳佩蓉

發 行 人／宋政坤
出　　　版／獨立作家
　　　　　　地址：114 台北市內湖區瑞光路76巷65號1樓
　　　　　　電話：+886-2-2796-3638　傳真：+886-2-2796-1377
　　　　　　服務信箱：service@showwe.com.tw
　　　　　　http://www.bodbooks.com.tw
印　　　製／秀威資訊科技股份有限公司
　　　　　　http://www.showwe.com.tw
展售門市／國家書店【松江門市】
　　　　　　地址：104 台北市中山區松江路209號1樓
　　　　　　電話：+886-2-2518-0207　傳真：+886-2-2518-0778
網路訂購／http://www.govbooks.com.tw
法律顧問／毛國樑　律師
總 經 銷／時報文化出版企業股份有限公司
　　　　　　地址：333桃園縣龜山鄉萬壽路2段351號
　　　　　　電話：+886-2-2306-6842

出版日期／2013年10月　BOD一版　定價／180元

獨立 作家
Independent Author

寫自己的故事，唱自己的歌

情非得已 / 陳綺 著 -- 一版. -- 臺北市：獨立作家，
2013.10
面；　公分. -- (Do詩人 ; PG1040)
BOD版
ISBN 978-986-89853-7-7 (平裝)

851.486   102017631

國家圖書館出版品預行編目

讀者回函卡

感謝您購買本書，為提升服務品質，請填妥以下資料，將讀者回函卡直接寄回或傳真本公司，收到您的寶貴意見後，我們會收藏記錄及檢討，謝謝！
如您需要了解本公司最新出版書目、購書優惠或企劃活動，歡迎您上網查詢或下載相關資料：http:// www.showwe.com.tw

您購買的書名：＿＿＿＿＿＿＿＿＿＿＿＿＿＿＿＿＿＿＿＿＿

出生日期：＿＿＿＿＿年＿＿＿＿＿月＿＿＿＿＿日

學歷：□高中 (含) 以下　　□大專　　□研究所 (含) 以上

職業：□製造業　□金融業　□資訊業　□軍警　□傳播業　□自由業
　　　□服務業　□公務員　□教職　　□學生　□家管　□其它＿＿＿

購書地點：□網路書店　□實體書店　□書展　□郵購　□贈閱　□其他

您從何得知本書的消息？

　□網路書店　□實體書店　□網路搜尋　□電子報　□書訊　□雜誌
　□傳播媒體　□親友推薦　□網站推薦　□部落格　□其他＿＿＿＿＿

您對本書的評價：(請填代號　1.非常滿意　2.滿意　3.尚可　4.再改進)

　封面設計＿＿＿　版面編排＿＿＿　內容＿＿＿　文／譯筆＿＿＿　價格＿＿＿

讀完書後您覺得：

　□很有收穫　□有收穫　□收穫不多　□沒收穫

對我們的建議：＿＿＿＿＿＿＿＿＿＿＿＿＿＿＿＿＿＿＿＿＿
＿＿＿＿＿＿＿＿＿＿＿＿＿＿＿＿＿＿＿＿＿＿＿＿＿＿＿＿＿
＿＿＿＿＿＿＿＿＿＿＿＿＿＿＿＿＿＿＿＿＿＿＿＿＿＿＿＿＿
＿＿＿＿＿＿＿＿＿＿＿＿＿＿＿＿＿＿＿＿＿＿＿＿＿＿＿＿＿

11466
台北市內湖區瑞光路 76 巷 65 號 1 樓
獨立作家讀者服務部 　　收

....

（請沿線對折寄回，謝謝！）

姓　　名：＿＿＿＿＿＿＿＿＿　年齡：＿＿＿＿　性別：□女　□男

郵遞區號：□□□□□

地　　址：＿＿＿＿＿＿＿＿＿＿＿＿＿＿＿＿＿＿＿

聯絡電話：(日) ＿＿＿＿＿＿＿＿　(夜) ＿＿＿＿＿＿＿＿＿

E-mail：＿＿＿＿＿＿＿＿＿＿＿＿＿＿＿＿＿＿＿